BLANCHARD,

POËME

EN DEUX CHANTS,

Par M. DUCHOSAL, *Avocat en Parlement, & du Musée de Paris.*

Auras-tu donc toujours des yeux pour ne rien voir,
Peuple ingrat? quoi! toujours les plus grandes merveilles,
Sans ébranler ton cœur, frapperont tes oreilles!

  RACINE, *Athalie*, *Acte* Ier, *Scène* Iere.

A ROUEN,

Et se trouve A PARIS,

Chez les MARCHANDS de Nouveautés.

===

1 7 8 4.

LETTRE

CRITIQUE

A M. BLANCHARD.

Monsieur,

Vous avez beaucoup d'ennemis, mais le petit nombre des Savants est pour vous; en faut-il davantage? L'opinion du public s'évanouit comme une vapeur légère, mais celle des gens instruits demeure, & fixe seule le mépris ou l'admiration de la postérité. Pourquoi trouvez-vous des Censeurs? En voici la raison: vous n'êtes pas assez charlatan; dans notre siecle il faut l'être: vous n'avez jamais, dans vos lettres publiques, déployé les trésors de l'antithèse; vous ne prodiguez point assez les métaphores, & vous avez le plus grand tort du monde. Soyez plus adroit que savant, & comme disoit avec raison Voltaire: frappez fort, mais non pas juste.

J'admire l'aveuglement humain. Les absurdités les plus ridicules, & les plus contraires aux loix de la physique, ont trouvé des sectateurs, & votre expérience, quoique conforme à la nature, trouve encore des incrédules. On a long-temps approuvé les Anguilles de Néédham; on a cru long-temps, comme Maillet, que tes hommes tiroient leur origine des poiſſons ; mille autres erreurs bien plus groſſieres ont trouvé de zélés partiſans, & l'on doute ſi l'on doit croire à la direction de votre Globe. J'y crois plus que perſonne, & je pourrois vous citer bien des Savants qui attendent avec impatience vos nouvelles tentatives, perſuadés que vous réuſſirez, & que vous convaincrez enfin l'incrédulité de l'ignorance ou de la jalouſie.

Je vous prie d'accepter ce Poëme comme un foible tribut de mon eſtime pour vous. Il eſt fait un peu à la hâte, mais la grandeur du ſujet me raſſure ſur la foibleſſe de mes vers :

J'ai l'honneur d'être, avec la plus parfaite conſidération ;

MONSIEUR,

Votre très-humble & très-obéiſſant Serviteur,

DUCHOSAL.

Paris, ce 4 Mars 1784.

BLANCHARD,

POEME

EN DEUX CHANTS.

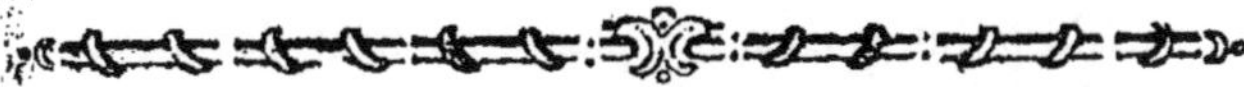

CHANT PREMIER.

M USES, jusqu'à présent ma verve satyrique
S'arma, dans mes écrits, du fouet de la critique ;
Je n'ai fait voir encor qu'un Auteur bilieux
Contre un siécle d'airain justement furieux ;
J'abjure devant vous cette humeur sombre & noire,
Pour célébrer BLANCHARD & chanter sa victoire.
  Eloigne tes flambeaux, ennemi des savants,
Qui poursuivis BLANCHARD, sans nuire à ses talents :
Ecrase, juste ciel, le Poëte anonyme
Qui, distilant par-tout le venin de la rime,
Pour tirer du néant son Apollon pervers,
Vous condamne à l'oubli qui ménace ses vers ;
Et toi, qui me prêtas le secours d'une Muse,
Souverain des beaux Arts, dis-moi si je m'abuse

A 3

Dis-moi s'il est bien vrai qu'entraîné dans son char,
Mon Héros fut conduit par la main du hasard,
Ou bien si, parcourant l'air & ses vastes plaines,
Il maîtrisa les vents, & leur donna des chaînes?
    Les arts s'appauvrissoient : leur trône renversé,
D'un mépris éternel se voyoit menacé ;
Le Drame avoit l'empire, & la Cour, & la Ville
Sourioient aux erreurs du grossier Vaudeville :
Mais BLANCHARD, au milieu de la frivolité,
Préfere les regards de la postérité.
» Quoi ! dit-il, je verrai tant d'Ecrivains stupides
» Inonder tout Paris de leurs vers homicides,
» La débauche (1) & l'ennui débiter leur poison,
» Le fier Charlatanisme éclipser la raison,
» Et moi, je laisserois languir la méchanique !
» Non, non, l'on connoîtra sa puissance magique :
» L'homme, seul habitant de la terre & des mers,
» N'a point encore osé planer au haut des airs ;
» Eh bien ! moi, dirigé par une utile audace,
» De l'Empire éthéré je veux franchir l'espace «.
A ces mots il conçoit, il enfante, il détruit,
L'art combat & triomphe, & le Globe est construit.
    Il est une Déesse errante & vagabonde,
Qui, sur un vent léger, circule dans le monde ;
Elle naquit un jour avec l'Entêtement,
Et son pere, dit-on, fut le Désœuvrement.
Son Temple est révéré dans l'enceinte des Villes,
Et renferme un essaim de mortels inutiles,

----

(1) Je parle ici de ces pieces licentieuses dont je suis étonné qu'on souffre la représentation au Théâtre. Je parle sur-tout des Italiens.

Des Moines, des Robins, des Commis & des Clercs. (1)
La Déesse y paroît sous vingt masques divers,
Et du haut des Autels partageant les syſtêmes,
De l'orgueil à l'erreur conduit les ſages mêmes.
A peine a-t-elle vu les efforts généreux
Qui conduiſoient BLANCHARD vers la route des Cieux ;
Soudain, pour accomplir ſon infâme vengeance,
Elle tient ce diſcours à ſa ſœur l'Ignorance :
» Je t'apprends que BLANCHARD va bientôt triompher ;
» C'eſt un monſtre pour nous, il le faut étouffer :
» Seconde mes projets ; la moitié de la France,
» Dès que tu dis un mot, reconnoît ta puiſſance :
» Toi, va dans les Bureaux échauffer les eſprits ;
» Moi, je me chargerai de ſemer les avis. «
Immobile à ces mots, l'on vit, avec prudence,
Pour la premiere fois balancer l'Ignorance.
» Tu pourrois héſiter ! lui dit l'Opinion ;
» Viens, viens anéantir l'aëroſtation ; (2)
» Flétris ſon inventeur ; le Maître du tonnerre
» Fit naître les humains pour ramper ſur la terre ;
» Arrêtons dans ſon vol cet Icare nouveau ;
» Diſons par-tout que l'air deviendra ſon tombeau. «
Elle dit, & déjà la preſſe gémiſſante
Se courbe ſous le poids d'une foule expirante
De vers durs & peſants, de diſcours détracteurs ;

---

(1) Dans pluſieurs Lettres anonymes on s'eſt plaint que ma
critique frappoit ſur tous les états ; en conſéquence, me dit-on
il faut que vous les mépriſiez. Je ne ſuis que gai, & je m'amuſe de
tout : voilà ma réponſe.

(2) J'ai mis exprès le mot aëroſtation, qui n'eſt pas élégant en
vers ; mais c'eſt afin de laiſſer à M. BLANCHARD la néceſſité de la
fixer. C'eſt à lui qu'appartient l'adoption.

Dont la satyre tombe ainsi que leurs Auteurs.
Chaque jour réproduit de nouvelles armées ;
BLANCHARD, sans s'émouvoir terrasse ces Pygmées
Tel on vit autrefois, à l'aspect des Tytans,
Jupiter contempler leurs efforts impuissans,
Et lui seul, au milieu de leur royaume en poudre,
Survivre aux fiers géants écrasés par sa foudre.

 Le jour fameux arrive, on accourt, & Blanchard
Va montrer aux Français le pouvoir de son art.
Chacun glose, & déjà d'un bateau qui s'envole,
La critique n'attend qu'un spectacle frivole.
BLANCHARD vient, monte, on tremble ; il s'enleve,
  on pâlit ;
L'Aquilon mutiné s'irrite, l'air gémit,
Le Pilote succombe, & les vents trop rebelles,
Repoussent le Navire & fracassent les aîles. (1)
Aussi-tôt l'Euménide, au teint blême & hideux,
Qui cherche à tout flétrir de son soufle odieux,
Descend chez nos Cotins, inspire le sophiste,
Et dicte des extraits au pauvre journaliste.
Alors de tous côtés on entend dans Paris
Bourdonner un essaim de frélons ennemis.
Cependant le Vesper & ses crêpes funebres,
Viennent sur l'horizon répandre les ténebres ;
L'Artisan fatigué s'abandonne au repos ;
Les bois n'entendent plus gazouiller les oiseaux ;
Ou bien, si quelque bruit succede à leur ramage,
C'est Zéphyr qui murmure à travers le feuillage :
Enfin, pour abréger la longueur du récit,
Le jour qui disparoît faisoit place à la nuit.

___

(1) Tout le monde sait que M. BLANCHARD a donné le premier
l'idée de s'enlever dans les airs. M. DE MONTGOLFIER lui rend sur
cet article-là plus de justice que ses ennemis.

Soudain

Soudain la foudre gronde, & l'éclair qui sillonne,
Laisse entrevoir un char que l'Opale environne.
Plus belle que Cypris, une Divinité
Fit entendre ces mots :» Vois l'Immortalité :
» C'est moi qui t'arrêtois dans ta course intrépide,
» Sois tranquille, je t'aime & je serai ton guide :
» Bientôt tu parviendras au faîte des honneurs ;
» Mais un autre avec toi partage mes faveurs.
» Je veillé sur tes jours, ne crains rien pour ta gloire ;
» Déjà ton nom se grave au Temple de Mémoire :
» Laisse-toi déchirer par d'injustes mortels,
» Un jour tu les verras te dresser des autels «.
Lé nuage porté sur l'aile du Zéphyre,
Fait remonter le char jusqu'au céleste Empire.
Il est temps, cher Lecteur, que ma Muse aux abois,
Ranime les accords de sa mourante voix :
Ma verve est quelquefois stérile, nonchalante,
Et ne ressemble pas au Héros que je vante.
Pégase en ce moment refuse de marcher ;
Je le presse, il résiste & ne veut plus broncher.
Ce qu'on n'a point osé, BLANCHARD va l'entreprendre.
Passons au second Chant, je pourrai te l'apprendre.

Fin du premier Chant.

CHANT SECOND.

Déjà dans Annonay, l'aimable Déité
Qui donne les brevets de l'Immortalité,
Va trouver Montgolfier, & lui tient ce langage:
» Ami, depuis long-temps tu connois cet ouvrage,
» Dont un fertile Auteur vient d'enrichir les Arts:
» Partage ses lauriers, & suis mes étendarts.
» Je veux, quoi qu'en ait dit une tourbe chagrine,
» Te donner les moyens d'élever la Machine,
» Et laissant à Blanchard l'honneur de diriger,
» Terrasser les rivaux qui l'osent outrager «.
A ce discours flatteur l'Ignorance interdite,
Contre un arrêt si noir se déchaîne & s'irrite;
Tous les feux de la rage allumés dans son cœur
Découvrent sur son front une obscure pâleur:
Aussi-tôt elle vole au Temple de l'Envie:
» Entends-tu, lui dit-elle, insensible Furie,
» Entends-tu les projets de l'Immortalité?
» De flots d'admirateurs Blanchard est escorté.
» Je saurai l'écraser, lui répond l'Euménide,
» Et s'il ne tremble pas, je le rendrai timide.
» Qu'il réussisse ou non, je veux l'anéantir;
» L'agile Opinion seconde mon désir;
» Je veux accroître encor sa puissance funeste;
» Je le veux, c'est à toi de terminer le reste «.
La Victoire attendoit le jour où Montgolfier
Devoit cueillir en France un immortel laurier.
Ce jour n'étoit pas loin. Tandis que la Censure
Lançoit contre Blanchard les fléches de l'injure,

Le Savant d'Annonay consacroit ses talents
A pouvoir défier le souffle des Autans;
Il médite, & déjà la Machine est formée :
Le Globe disparoît sous la paille enflammée.
A cet aspect nouveau deux Physiciens hardis
Soupirent : MONTGOLFIER, couronné dans Paris,
Au sensible Pilâtre arrache quelques larmes.
» D'Arlandes, vois, dit-il, que la gloire a de charmes!
» Viens; suivons promptement le plan que j'ai conçu,
» Et franchissons ensemble un Empire inconnu.
» Que l'homme avec frayeur dans les airs nous contemple,
» Laissons à nos neveux un mémorable exemple.... «
D'Arlandes n'attend pas qu'un plus long entretien
L'excite a subjuguer l'espace aérien.
» Je ne me borne plus à vaincre sur la terre,
» Je cherche des exploits dans un autre hémisphère;
» Volons, mon cher Rozier, où l'honneur nous attend,
» Et fuyons, s'il se peut, jusques au Firmament «.
Ils disent, leur discours fait trembler l'Ignorance;
BLANCHARD les admiroit dans un profond silence,
Il voit, sans s'alarmer, leur vol audacieux;
Il sait qu'il doit un jour être immortel comme eux:
En vain, dans sa fureur, la pâle Calomnie
Suscite contre lui le démon de l'envie,
Favori de la Gloire, a-t-il jamais tremblé ?
Non; son Globe est fini, le peuple est assemblé;
Pour la seconde fois on s'étonne, on se trouble;
Dès que BLANCHARD paroît, l'étonnement redouble.
Déjà pour le voyage il a tout préparé.
Il s'embarque; aussi-tôt un jeune homme égaré,
Le glaive dans la main, demande avec colère,
D'accompagner BLANCHARD au séjour du Tonnère. «
On refuse; il s'obstine: on arrête son bras;

Mais lui cherche par-tout à donner le trépas :
Il ne connoît plus rien, malheur à qui l'arrête.
La Victoire le fuit, mais sa vengeance est prête :
Il cède ; mais du moins aux yeux de ses vainqueurs,
L'Éroſtrate nouveau ſignale ſes fureurs.

On ne craint pas la mort, quand on a du courage ;
BLANCHARD, ſur les débris de ſon frêle équipage,
S'envole hardiment au céleſte Univers.
Mortels, le voyez-vous ? ſon trône eſt dans les airs ;
La terre, à ſes regards, n'offre qu'une Planette ;
Dès long-temps pour lui ſeul la Nature eſt muette,
Tandis qu'il admiroit cette tranquillité,
Il entendit la voix de l'Immortalité :
» Jeune homme, lui dit-elle, avec un doux ſourire,
» La France en ce moment te contemple & t'admire «.
» Déeſſe, fuyez-moi, lui répondit BLANCHARD,
» Regardez, me voilà le jouet du hazard.
» Je veux que les Savants guidés par l'indulgence,
» Étouffent quelque temps la voix de l'ignorance,
» Pourront-ils l'emporter ſur mes lâches cenſeurs ?
» Déjà mes ennemis ſe déclarent vainqueurs ;
» Loin de plaindre mon ſort, quand je perds la victoire,
» Déjà de me ternir ils s'arrachent la gloire,
» Et mon nom, qu'on devoit graver en lettres d'or,
» Deviendra, malgré vous, plus mépriſable encor :
» Dans nos cercles charmants vous entendrez ſans ceſſe
» Mes inſolents rivaux gourmander ma foibleſſe.
» Ce nom qui, diſiez-vous, ſe verroit reſpecté,
» Formera les bons-mots de la Stupidité ;
» Et loin de mériter qu'un jour on l'idolâtre,
» Servira d'épiſode aux bouffons du Théâtre. . . . . (1)

____

(1) On a fait pluſieurs Pieces de Théâtre dont M. BLANCHARD

(13)

» Tes critiques mourront, mais tu ne mourras pas ;
» Du parodiste obscur les stériles fatras
» Viendront comme un ruisseau se perdre dans la France;
» On oubliera bientôt les vers de l'arrogance :
» J'aurai pour tes rivaux d'éternelles rigueurs ;
» Je réserve à toi seul la gloire & les faveurs «.
Depuis cet entretien l'on dit que la Satyre,
A l'aspect de BLANCHARD avec douleur expire;
Et tel auroit jadis attaqué ses talents,
Que l'on voit aujourd'hui lui porter son encens.

---

est le sujet. Ces Comédies sont maintenant aussi peu connues que
jeurs Auteurs. Elles sont trop au-dessous de la critique pour leur
faire l'honneur de les nommer ici.

Fin du second & dernier Chant.